모태솔로의 연애

프롤로그

모태솔로의 현실

저는 연애를 스스로 포기했습니다. 물론 다른 사람이 봤을 때 비웃을 수도 있을 것입니다. 조건이 안 되어 연애를 못 하는 주제에 자발적으로 연애를 못 한다고 말하고 다니니까요. 인정하기는 싫지만 저는, 부의 빈부격차보다 더 심한 것이 연애의 빈부격차라고 생각합니다.

오늘 같은 사회에 저는 '모태솔로(일명 모쏠)'라는 단어가 있다는 사실이 잘 이해되지 않지만, 저를 포함한 여러분들이 있기에 인정하지 않을 수가 없습니다. 어쩌면 우리나라에서 '모쏠'로 산다는 게 이상한 것이 아니라 오히려 당연한 일인지도 모르겠습니다. '모쏠'이 가지고 있는 부정적인 뉘앙스와는 반대로 오히려 '모쏠'은, 마치 '1인 가구'라는 말처럼 이 시대를 반영하는 사회의 당연한 한 단면이라고 할 수 있으니까요.

이 책은 올해 서른셋인 제가 여러분들에게 보여드리는 저의 일상, 그러니까 '모쏠'로서 살아가는 저의 일상이라고 할 수 있습니다. 이 책의 형식은 짤막하고 내용은 아주 세련되었으며, 트렌디합니다. 그리고 재미있습니다. 물론 내용을 천천히 살펴본다면 일반적으로 우리가 기대할 만한 것은 아닐 것입니다. 앞서 언급했던 것처럼 우리 사회에는 삼십 대 남자에게 평균적으로 요구하는 그 무엇이 우리 눈에는 잘 보이지 않지만 분명 존재하고 있기 때문입니다. 이를테면 대한민국의 삼

십 대 남자에게는 어느 정도의 연애 경력이 필요한 것이 사실입니다.

이런 까닭에 서른셋의 대한민국의 남자가 쓰는 글 역시도 어느 정도의 수준이 필요할 것입니다. 그러나 제목이나 내용에서 확인할 수 있듯이 저는 품격 있는 글을 쓸 수 있는 사람이 아닙니다. 특히 저는 사회적 기대와는 무관한 삶을 살아가고 있는 사람이기 때문에 더더욱 그렇습니다. 다시 말해 저라는 사람은 사회에서 어느 정도 이탈된 삶을 살고 있기에 '모태솔로의 연애'라는 이름의 책을 쓰고 있는 것입니다.

사실 '모태솔로의 연애'라는 이름을 단 책을 세상에 내놓는다는 것은 여간 부담스러운 일이 아닙니다. 그 이유 중 하나로, 우선 저는 완벽한 '모쏠'이 아닙니다. 물론 삶 전체를 보았을 때, '모쏠'이라고 불러도 전혀 어색하지 않은 삶을 산 것이 사실이지만, 과거에 누군가를 사랑했고 현재 누군가를 사랑하고 있다는 점에서 저는 결코 '모쏠'이라 할 수 없습니다. 이 때문에 제가 완벽한 '모쏠'인 분들에게 마치 거짓말을 하고 있다는 생각이 드는 게 사실입니다. 그래서 저라는 사람이 '모쏠'에 대해 말할 자격이 있는 사람인가 하는 의문 역시 크게 듭니다.

두 번째로, '모태솔로의 연애'라는 제목으로 인해 제가 의도

하지 않게 누군가에게 상처를 주는 건 아닐까 하는 두려움입니다. 한번은 인터넷 검색창에 '모쏠'이라는 검색어로 검색을 한 적이 있는데, 상당히 많은 분이 자신이 '모쏠'이라는 이유 하나만으로 힘들어하고 있다는 걸 알았습니다. 이런 상황은 제가 마치 남들의 진지한 고민을 하나의 유희 혹은 하나의 수단으로 이용하고 있는 것일지도 모른다는 일종의 죄책감을 불러일으켰습니다.

그런데도 '모태솔로의 연애'라는 제목의 책을 내야만 하는 이유가 있습니다. 다름 아니라 거의 '모쏠'로 사는 제가 겪고 있는 삶의 문제가 생각보다 견디기 힘든 것이기 때문입니다. 다시 말해 거의 '모쏠'로 살아가고 있는 저의 삶은 단순히 웃으며 지나칠 수 있는 것들이 아니었습니다. 그래서 '모쏠'의 상황에서 마주하고 있는 저의 감정을 솔직하게 표현하고 싶었습니다. 물론 제 표현에 많은 한계가 있을 수도 있습니다. 하지만 이 책은 전적으로 저라는 한 개인의 이야기입니다. 남자로서의 제가 아니라 한 사람으로서의 제 이야기를 재미있게 읽어주셨으면 합니다. 감사합니다.

ㄴㅇㄴㅇ년 6월 중순
구보상

차례

"연애는 천연두와 같다.

젊었을 때 걸리지 않으면 좀처럼 걸리지 않거나

전혀 걸리지 않고도 지낼 수 있다.

그러나 그러한 나이가 되어서 걸리면 그만큼 더 위험하다."

– A.F.F. 코체부

별 헤는 밤

잠이 오지 않아
별을 헤아려 봅니다

이 별은 이때 나를 찬 그녀의 별
그 별은 그때 나를 찬 그녀의 별
저 별은 저때 나를 찬 그녀의 별

오늘도 밤새 나는
별을 헤아려 봅니다

자웅동체

모든 여자가 떠난 자리에

혼자 남았다

자웅동체가 되어야 하는 순간이다

이별

하나의 별이
두 개의 별이 되는 것
바로
그것이 이별

선

네가 선 그었다고 해서

내가 선 그었다고 생각 마라

그놈의 자존심 때문에

선 그은 척 한 거니까

무능력

무능력해 여자를
만나지 못하고 있다
그런데 사실 그건
무능력한 게 아니라
잘못 태어난 거다

이상한 예민함

내가 예민한 게 아니라

네가 이상한 거였더라

그러니까 이상한 핑계 대면서

헤어지자는 말은 하지 말아라

ㅎㅎㅎ

그녀가 카톡을 읽고 씹으니까
나도 민망해서 붙인다 ㅎㅎㅎ

친구와 어장

친구가 되자

어장이 돼라

도대체 뭐가 다른 건데?

잘생긴 남자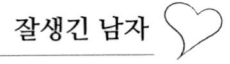

내가 그렇게 잘해줘도
날 좋아해 주지도 않더니

잘생긴 남자가 한번 웃어주니
그걸 가지고 홀라당 넘어가냐?

로스쿨

너는 왜

네 맘대로 우리 사이를

규정하는데?

너,

로스쿨도 안 나왔잖아

얼굴

내 얼굴이 못생긴 게 아니다
내 얼굴은 생기다가 만 거다

상상

네가 나 안 좋아하는 건

부정 안 하겠는데

인간적으로 내가 여장하면

너보다 낫지 않을까?

가난

정말로
가난해서

여자친구랑
헤어져 봤니?

돈

돈은 능력, 무능력의

지표가 아니라

오히려

사랑할 수 있는

자격의 지표이다

요즘 사랑

난 너와 사귀고 있는 것일까
아니면
너에게 사기를 당하고 있는 것일까

요즘 나는
자꾸만 이런 생각이 든다

바람

바람피우는 건

네 마음인데

바람피우는 걸

네 마음대로

정당화는 하지 마라

진실

네가 나 좋아해서 만나는 게
아닌 거 이미 알고 있었다

그러니까 돈은 더치페이하자

공부와 사랑

지금까지 공부도 잘 못해왔는데
갑작스레 사랑이라고 잘하겠니?

호구

선배 너무 좋아요
선배 너무 재밌어요
선배 같이 밥 먹어요

넌 호구다!

사람 친구

남자 사람 친구

여자 사람 친구

사랑의 의미가 불순해지니

사람의 의미도 불순해지네

빈부격차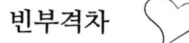

인정하기 싫지만
부의 빈부격차만큼이나
사랑의 빈부격차도 심하다

질문

한번 물어보자

너 진심으로

나

사랑한 적 있니?

조밥

내가 조밥이라서
차인 건
잘 알겠는데

너도
솔직히 안 예쁘잖아

예쁜 여자 착한 여자

예쁜 여자가 착하고
착한 여자가 예쁘더라

인정하기 싫지만
그렇더라 정말로

거스러미 ♡

손톱 근처
거스러미 하나 떼어도
고름이 곪아 아파 죽겠는데

곁에 있던
네가 떨어지면
정말 죽을 수도 있지 않을까?

잘 되었으면 좋겠어

내가 잘 되길 바라는 여자들은

나랑은 안 사귀더라

숨은 언팔 찾기

나 몰래 언팔한
사람들을 찾아본다
하나, 둘, 셋
다 찾았다!

내 허락 없이
연락을 끊은
여자들도 찾아본다

하나, 둘, 셋
계속해서 찾아본다
계속해서 계속해서 계속해서

아메리카노

너와는

비싼

스타벅스 아메리카노

나 혼자는

값싼

맥도날드 아메리카노

골목길

내가 위협을 준 것도 아닌데
저 여자 이유 없이 한쪽으로 피하네

자동차

요즘엔 자동차가

중요한 게 아니다

외제차가 중요한 거더라

학생

재들도 사귀는데
나는 못 사귄다

45

정체성

나는
오빠와 아저씨 사이인 오저씨

오졌따리

인정

인정해

남자를 만나기 싫은 게 아니라
나를 만나기 싫은 거잖아

듣기 힘든 말

너를 보러 온 나에게
했던 말을 기억하니?

혹시 네가 나 좋아할까 봐
일부러 대충 입고 나왔어

깊이

나의 깊이는

그녀로 하여금

나를 기피하도록 한다

자존심

자존심이 없냐고 말하는 너는,

누가 자존심을 망가뜨리는지 모르는구나

운명

운명이라 차이는 건

받아들이겠는데

운명이라 차이는 걸

개기고 싶기도 해

봄날은 간다 ♡

봄날, 널 그리워했던
내가 할 수 있었던 건
고작해야 견디는 것이었다
그 봄날이 날 밟고 지나갈 때까지

나는
견디고
또 견뎠다

카톡

오늘도

나는 바쁘게

카톡을 한다

나에게

크리스마스

혼자인데
이상하게
설레인다

흥분

흥분한다고 뭐라 마라

흥분하는 게 아니라
사랑을 못 해서 포효하는 거다

아무것도 몰라요

알 수 없는 불안
알 수 없는 비난
알 수 없는 상처
알 수 없는 위로
알 수 없는 사랑
알 수 없는 이별

굴욕

너로 인한

나의 굴욕은

나의 글욕이 되었다

국제결혼

남 일이라고
생각했었던
국제결혼

이제는
진지하게
생각할 때

나의 불법
약음

기쁨중

부족한 것

돈
스펙
직업
자동차

.

.

.

.

언젠가는
끝나겠지

질투

세상에는 분명

존재하지만

내가 느껴본 적이 없는

그런 특별한 감정

전화

고객이 전화를 받지 않아 ……
고객이 전화를 받지 않아 ……
고객이 전화를 받지 않아 ……

나는 계속해서 전화를 걸었고
너는 계속해서 전화를 받지 않았다

남해

그녀와 헤어져 죽으려고
남해에 간 적이 있다

다행히도 살았다

그러니까 글을 쓰고 있지

추석

추석 전
그녀에게 연락이 왔다

안부를 주고받다가
결혼을 한다고 했다

결혼이 자신의 안부였다
나의 안부는 안중에도 없었다

결혼식

친구는 희극의 주인공
나는 비극의 주인공

눈빛

이름 모를 여자와
눈이 마주친다

이름 모를 그 여자
이유 없이 눈을 흘긴다

나의 눈빛을 읽은 그 여자
자신의 눈빛으로 응대한다

(꺼져!)

다이어트

가벼운 식단

가벼운 사람

가벼운 사랑

오해

그녀 : 내 행동이 너에게 오해를 줄 지 몰랐어

나 : (헛소리 좀 작작해라. 내가 너 좋아하는 거 다 알
고 있었잖아!)

쓸모없음

수도 없이 물었다

나는
왜 살아야 하는가?

이제는 묻지 않는다

네가 없는 그 물음은
더 이상 쓸모가 없다

혼자

나는 혼자다
정말 혼자다

죄책감

예쁜 여자 앞에 서면

왠지 죄책감이 든다

청바지와 레깅스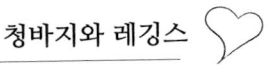

예전엔
청바지가 잘 어울리는
여자가 좋았지만

지금은
레깅스가 잘 어울리는
여자가 정말 좋다

조커

조커(joker)는

불쌍한데

조커(jotker)는

부러운데?

타인은 지옥이다

너만

빼고

MSG

내가 너 좋아하는 거

뻔히 알고 있으면서도

언제까지 간만 보고 있을 건데?

용서

네가 나
안 좋아하는 건
용서해도

내가 너
안 좋아한다고
생각하는 건
용서 못 해

쿠크다스

그녀의 눈빛

그녀의 표정

그녀의 몸짓

하나에 온몸이 부서진다

사진

잘생긴 남자친구
사진은 올린다

애매한 남자친구
애매하게 사진을 올린다

못생긴 남자친구
사진을 올리지 않는다

너는 솔로인 척 한다

현질

저렙이라 널 만나기
부담스럽다

널 감당하기 위해
현질 좀 해야겠다

어린 여자

착각하고 있는 게,

남자는
어린 여자를 좋아하는 게 아니라
편견이 없는 여자를 좋아한다

타이밍

내가 좋다고 할 때

싫다고 하며

절로 피했으면서

지가 심심하니까

좋다 하며

나에게 다시 다가오네

잘해주지 마

어차피 나랑은
안 사귀어 줄 거잖아

예쁘니까

예쁘니까

사랑하고 싶지

사랑한다고

예쁘진 않은 법이다

사랑과 연애

사랑해서
너랑
연애하는 거 아니다

연애하고 싶으니까
너랑
연애하는 거 뿐이다

사랑과 우정 사이

사랑과 우정은

다르다, 말하고 있는

사람들아

그런 거 없다

거짓말하지 마라

그냥 다

사랑이다

아츄(Ah-Choo)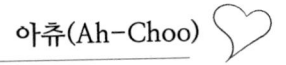

사랑은 재채기다

인간의 힘으로는
결코 저항할 수 없는
면역학적 반응이다

뽀뽀뽀

이게 그렇게 하기 어려운 거였나?

희망 고문

여자들은
희망 고문을 하면서,
희망 고문을 다 해놓고서,
희망 고문하기 싫다고 그런다

페미니즘

할 말은 정말로 많지만

여자가 혹시나 나를 싫어할까 봐

뭐라고 말은 못 하겠다

숏컷

숏컷의 그녀!

왠지
사람 마음을
싱숭생숭하게
만드는 능력이 있다

담배 피우는 그녀

길거리에서

담배를 피우고

침을 뱉는 그녀

섹시하다!

증명

너에 대한 사랑을 증명할
근거를 찾고 있는데

근거를 찾고 있는 게
너에 대한 사랑을 증명해

팩폭

내가 잘 생겼으면

내가 왜 너에게만

매달리겠니?

애매하잖아

내가,

물론 너도 그렇고

반려동물

반려동물을 좋아하는 그녀에게
나는 왜 안 좋아해 주냐고 물었다

그러자 그녀는 날 짐승 보듯이 쳐다봤다
반려동물이 된 것은 아니지만 기분이 나쁘지 않다

노예

내가 좋은 거니?

그게 아니면
노예 짓 하는
내가 좋은 거니?

시 ♡

그녀는 시이고
그녀의 집은 시집이다

이것이 내가 시인이
되려고 하는 이유다

사랑을 위한 사랑

그녀는

내가 사랑해주는데

사랑은

누가 사랑해주나요?

봉사

해외 봉사하는 것도 좋은데
네 옆에 있는
나에게 먼저 봉사 좀 해라

인기

인기 많았다고

자랑하지마

인기는 나도 좀 있었어

물론 꿈속에서

산책

산책하다
가끔 마주치는 그녀,
궁금하다

카톡과 택배

인간적으로 카톡 답장이

어제 주문한 택배보다

빨리 와야 하는 거 아니니?

헷갈림

나는 너를 사랑하는 것일까?
아니면 너를 사랑할 때에
그 감정을 사랑하는 것일까?

불면증

오늘도

잠이 오지 않아

눈만 감고 있다

그래도 좋다

잠이 안 올수록

널 오래 볼 수 있다

사실

많은 사람을
사랑한 것도
사실이지만

너만큼
사랑하지 못한 것도
사실이다

철학 vs 철학

플라톤의 이데아,

니체의 권력의지,

하이데거의 존재가 있다면

나에게는

'너'라는 철학이 있다

행복

과거에 행복했던 난
너를 만난 이후에 깨달았다

나의 과거가 전혀
행복하지 않았음을

널 붙잡을 글

글을 쓰는 게

무의미한 시대에

무슨 글을 쓰겠냐마는

그래도 너를 위해

글을 써 본다

예쁜 여자가 내 옆에 앉았을 때

장점 : 다른 사람들이 내 여자친구라고 착각한다

단점 : 내가 예쁜 여자를 보고 싶어도 볼 수 없다

착각

연락을 받아주는 네가

연락을 주는 것이라고

나는 착각하고 있었다

맘

오또맘,

좋아하기엔
애매한 내 맘

후회

안경이 더러워
안경을 닦는다

그때 예쁜 여자가
지나가는 것 같아
얼른 안경을 쓴다

안경이나 계속
닦을 걸 그랬다

허기

배가 고플 땐
밥을 먹고

배가 또 고플 땐
간식을 먹고

배가 또 또 고플 땐
야식도 먹는데

네가 보고플 땐
할 수 있는 게 없다

구걸

사랑 좀 주세요

네에~

의미

찾을 수 없는
의미를 찾기 위해
나는 그녀에게
의미를 욱여넣어
의미를 찾으려 했다

그녀에게 미안하고
내가 한심하다

추억이면

똑같은 기억인데,

너에겐 추억이고

나에겐 미련이네

지하철

그 뻔한
지하철에서도
난
네 생각을 해

좋은 날

빛 좋은 날,

먼 곳을 볼 때
난 그곳을 보지 않고
널 선명히 보고 있었다

도덕

그녀는 나쁘다
그래도 나는
그녀를 사랑한다

왜냐하면 사랑은
도덕이 아니니까

글을 쓰는 이유

글을 왜 쓰겠니?

너에게 관심 한번

받아보려고 쓰는 거지

연락하지 못하는 이유

연락하고 싶어도 나는
너에게 연락을 할 수 없다

나는 직업이 없다

직업이 없어서
나는 너에게
무엇을 사줄 수가 없다

자제

예쁘다고 말하고 싶었는데,

그 말이 가벼워 보일까 봐
그 말을 하지 않았다

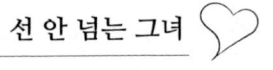

선을 넘는 게
대세인데

너는 왜
그 선을 안 넘니?

분양

아파트도 분양하고

반려동물도 분양하는데

나는

왜 분양이 안 될까?

고구마

겨울 한 가운데 너와 나
군고구마를 함께 먹는다

너 한입 그리고 나 한입
너 한입 그리고 나 한입

겨울이 고구마 황금빛으로
가득 차 물들어가고 있다

에스프레소

그녀와

강남에서

마시는 에스프레소

이보다 더 좋을 순 없다!

기억

네가 좋아했던 오꾸닭
네가 싫어했던 노래방
네가 적어놓은 신나는 오르막

너에 대한 건 난 다 기억한다
노력하지 않아도 기억이 난다

생각

너와 연관이 없는 글을 쓸 때에도

나는 네 생각을 했다

생각이 사랑과 다르지 않다는 점에서

나는 네 생각을 할 수밖에 없었다

철학

철학을 해

널 잊을 근거를
찾으려고 했지만

철학을 해

널 잊지 못할
근거만 찾았다

연결고리

잊는다 잇는다

잊는다 잇는다

잊기에 이어져 잇기에

나 너를 잊을 수가 없다

비

비 내리던 날
왜 그렇게
네 생각이 나던지

옷이 젖어선지
네가 보고 싶어선지
그날 난
온몸을 부르르 떨었다

바지 먹은 아저씨

아저씨가

바지 먹어

재미있다고 웃는 그녀

그걸 보고

재미있다고

맞장구치고 있는 나

샤프란

그녀의 뒷모습에선
왠지 꽃향기가 나는 것 같아

잔소리

생각해보니

잔소리는 다 좋다

아이유의 잔소리

어머니의 잔소리

그리고 너의 잔소리까지

모르지

너는 모를 거야
내가 왜 헤어지자고 했는지
내가 막연한 이유를 갖다 붙였지만
그건 헤어진 이유가 아니야

지금도 가르쳐 줄 수 없어
그리고 후회하지도 않아
왜냐면 그때는 그게 최선이었으니까

그곳

사실 난,

너와의 추억이

가득한 그곳에서

아직까지 살아

민트 초콜릿

그녀는 민트 초콜릿처럼 애매했다

치약처럼 완전히 깨끗하지도 않았고
박하처럼 완전히 시원하지도 않았다

그래서 애매한 나를 좋아했다

빙초산

그녀는 신맛을 좋아했다

냉면에는 식초를 듬뿍 넣었고
시간이 날 때는 홍초를 마셨다

빙초산을 선물로 줘야겠다

구두

그녀는 공부하는 데 방해가 된다며
도서관에 구두를 신고 오지 않았다

하루는,
약속이 있던 그녀가 구두를 신고 와
도서관을 당당하게 다녔다

나는 그런 모습이 좋았다
이중적인 모습이 귀여웠다

면바지

그녀는 면바지를 입은

남자가 이상형이라 했다

그리고 내가 입고 있는

면바지를 만지작거렸다

눈썹

그녀의 얼굴 바라보다 눈썹이
잘못 그려있는 것을 발견했다

많이 피곤한 것 같다
각도가 많이 빗나갔다

어금니

화가 난 척할 때

그녀는

어금니를 물었다

조그마한 게

더 귀엽다

종아리

그녀는 자신의 종아리가
단단하다며 자랑을 했다

어떤 반응을 해야 할 것 같아
나는 종아리를 몇 번 만졌다

이따가 그녀가 나에게
그만 만지라고 말했다

들켰다!

눈물

그녀가 내 앞에서

눈물을 흘렸다

말로만 듣던

닭똥 같은 눈물이었다

빛

그녀는 빛이었다

그녀를 처음 본 그날도
그녀는
나에게 빛을 비추었다

반지

오랜만에 그녀를 봤는데

손가락에 반지가 있었다

이유가 궁금했다

그 반지의 정체가 무엇인지

그래도 일부러 묻지 않았다

그녀가 아니라 나를 위해서

볼

하루는,
입에 뽀뽀하려고 하는
나를 보고 그녀가
볼에다가 뽀뽀를 하라고 했다

이른 아침이라 입을 안 닦은 것 같았다

사실 나도 안 닦았는데

긴 머리

그녀에게 차일 때

묶여있는 그녀 머리 풀어져

긴 머리가 되었다

그녀에게 차일 때조차

그녀가 예뻐 보였다

찜질방

날 좋은 날
그녀와 함께
바닷가 찜질방에 갔다

모든 것이 완벽한 날이었다

그녀도 완벽했고
날씨도 완벽했고
시설도 완벽했다

모든 것이 완벽해
죽고 싶다는 생각조차 들었다

모태솔로의 연애

초판 1쇄 | 2020년 7월 15일
지은이 | 구보상

펴낸곳 | 싱글북스
발행인 | 문선영
주 소 | 서울특별시 중구 을지로 14길 20, 5층 출판그룹 한국전자도서출판
홈페이지 | www.koreaebooks.com / www.singlebooks.co.kr
이메일 | contact@koreaebooks.com
전 화 | 1600-2591
팩 스 | 0507-517-0001
원고투고 | edit@koreaebooks.com
출판등록 | 제2017-000078호

ISBN 979-11-966766-5-0 (03810)

싱글북스는 출판그룹 한국전자도서출판의 출판브랜드입니다.